AF346442

Succession de M. EUDE, dit MICHEL

DERNIÈRE VENTE

Les Jeudi 27, Vendredi 28 et Samedi 29 Janvier 1876

HOTEL DROUOT, SALLE N° 2

TABLEAUX

DESSINS, MINIATURES, LIVRES

CURIOSITÉS

Meubles, Bronzes, Porcelaines

<table>
<tr><td>Mᵉ Maurice DELESTRE
COMMIS͏ʳᵉ-PRISEUR
rue Drouot, n° 23</td><td>MM. DHIOS et GEORGE
EXPERTS
rue Le Pelétier n° 33</td></tr>
</table>

PARIS — 1876

V RENOU, MAULDE et COCK

IMPRIMEURS DE LA COMPAGNIE DES COMMISSAIRES PRISEURS

Rue de Rivoli, 144.

NOTICE

DE

TABLEAUX ANCIENS

PEINTURES DÉCORATIVES

DESSINS, GOUACHES, PASTELS

MINIATURES

PORCELAINES, FAÏENCES

MEUBLES, BRONZES

Marbres, Terres cuites, Curiosités

GRAVURES, CADRES, LIVRES

DÉPENDANT

De la Succession de M. EUDE, dit MICHEL

ET COMPOSANT LA DERNIÈRE VENTE QUI AURA LIEU

HOTEL DROUOT, SALLE N° 2

Les Jeudi 27, Vendredi 28 et Samedi 29 Janvier 1876

A UNE HEURE ET DEMIE PRÉCISES

Par le ministère de Me **MAURICE DELESTRE**, Commissaire-Priseur,
successeur de M. DELBERGUE-CORMONT, rue Drouot, 23,
Assisté de **MM. DHIOS** et **GEORGE**, Experts, rue Le Peletier, 33.

PARIS — 1876

CONDITIONS DE LA VENTE

Elle aura lieu expressément au comptant.

Les Adjudicataires paieront CINQ CENTIMES PAR FRANC, en sus des enchères, applicables aux frais de vente.

DÉSIGNATION

DES

TABLEAUX

Environ 300 Tableaux anciens des diverses Écoles

PARMI LESQUELS

Baptiste. Fleurs.

Beschey (B.). Deux Portraits. Signés.

Boel (P. van). Gibier mort.

Breughel de Velours. Petit Paysage avec figures.

Burch (Van der). Paysage.

Casanova. Marche d'animaux.

Cassel (L.). Saint Georges.

Crépin. Huit Paysages.

Cuyp (B.). Les Bohémiens.

Cuyp (B.). La Nativité.

Demarne. Les Baigneuses.

Dolci (Carle). La Vierge et le Christ mort.

Dolci (Carle). Figure d'apôtre.

Duplessis (J.-S.). Portrait de J.-B.-F. de La Michodière, conseiller d'État et prévôt des marchands. Beau portrait signé et daté 1771. Gravé.

Franck. Les Centaures et les Lapithes.

Jordaens (D'après). Philémon et Baucis. Belle peinture sur porcelaine.

Kobell. Animaux au pâturage.

Langlois. Bataille.

Lancret (École de). Pastorale.

Maès (N.), 1672. Deux Portraits ovales. Signés.

Metsys (Attribué à Q.). Les Compteurs d'or.

Molenaer (K.). Deux Paysages avec figures.

Mommers. Marché aux légumes.

Monsiau. Socrate et Alcibiade chez Aspasie.

Neeffs (Peeter). La Délivrance de saint Pierre.

Pau de Saint-Martin. Lisière de forêt.

Peeters (B.). Marine. Beau tableau de l'artiste.

Raoux. Le Concert.

Sauvage. Grisailles (Dessus de porte).

Storck (A.). Marine.

Swagers. Pâturage.

Vallin. Tête de bacchante.

Valenciennes. Paysage.

Verdussen. Sujet de chasse.

Vestier. Portrait de petite fille. Forme ovale.

Wachters (B.). Caravane.

Watteau de Lille. Paysage.

Willemsens (A.-B.). Le Repas des laboureurs.

Panneaux gothiques.

Tableaux de l'ancienne École allemande.

École française. Deux jolies Pastorales.

École française. Portraits de femmes (époque Louis XIV).

PEINTURES DÉCORATIVES

Le Retour du fermier. Grand tableau attribué à **J.-B. Huet.**

Quatre Panneaux, attribués à **Leprince** et à **Boucher.**

DESSINS

AQUARELLES — PASTELS

Paysages et Bestiaux. Deux beaux dessins aux crayons noir
et blanc, par **Casanova.**

Académie, par **Prudhon.**

L'Impératrice Joséphine au salon de 1808, par **Monsiau.**

Paysages, par **Cassas.**

Sépia et Aquarelles, par **Nicolle.**

Paysages, Gouaches, par **Mongin**, 1793.

Étude de fruits, par **van Huysum.**

L'Oiseau mort. Pastel d'après **Greuze.**

Portraits de femme et de jeune garçon. Pastel par **L. Vigée.**

Portrait d'homme. Pastel attribué à **Latour.**

Portrait de Marie Leczinska.

Grands Pastels, d'ap. **Boucher**, **Mme Lebrun**, **Titien**, etc.

MINIATURES

GOUACHES — FIXÉS

Environ 80 Miniatures, Fixés, petites Peintures à l'huile

PARMI LESQUELS

Portrait d'homme tenant un carton. Très-belle miniature
par **M. G. Capet**, an X (1802).

Portrait de **Mlle Georges**, par **Isabey**. Cadre du temps, en
bronze ciselé et doré.

La Visite du médecin. Petite peinture à l'huile par **Boilly**.

La Cruche cassée. Jolie miniature signée **R. de B.**

Vénus et Amour et Amphitrite sur les eaux. Deux gouaches
par **Charlier.**

Portrait de musicienne. Petite peinture à l'huile attribuée
à **Mme Lebrun.**

Portrait de femme (époque Louis XIV). Miniature signée
Lefeure.

La Bergère endormie. Miniature attribuée à **Fragonard.**

Têtes de jeunes filles. Miniatures dans le goût de **Boucher.**

Le Miroir, d'après **Raoux.**

Portrait de femme du temps de l'Empire. Miniature signée
Millet, 1806.

Portrait d'homme. Miniature attribuée à **Hall.**

Portrait de jeune femme. Jolie miniature du temps de Louis XVI.

Pauline, des Variétés. Miniature.

Mme **Roland**. Miniature.

Portrait de femme. Miniature signée **Gay.**

La duchesse de Ferrare, d'après Raphaël.

FIXÉS. Jolis Paysages de l'École française. — Marines dans le genre de **J.** Vernet. — Boutons Louis XVI. — Vue de la place Louis XV, attribués à **Demachy,** etc.

PEINTURES A L'HUILE. Portraits des époques Louis XIII et Louis XIV.

ANCIENNES MINIATURES SUR VÉLIN.

GRAVURES — CADRES

MEUBLES ANCIENS

Bureaux des époques Louis XIV et Louis XVI.

Jolies Consoles Louis XVI en bois sculpté, à dessus de marbre.

Cabinet Louis XIII, à tiroirs plaqués d'écaille, à filets d'ivoire.

Quatre Commodes du temps de Louis XVI, une Commode Louis XV.

Meubles d'encoignure.

Chiffonnier Louis XVI.

Meubles d'entre-deux en marqueterie, genre Boule.

Meuble, à deux corps, en bois marqueté.

Table en chêne sculpté.

Coffret Louis XIII, marqueté d'ivoire gravé et formant encrier.

——

PENDULES ANCIENNES

BRONZES D'AMEUBLEMENT

Grande et belle Pendule Louis XIV en marqueterie de cuivre et bronzes; elle est surmontée d'une figure de Neptune.

Pendule Louis XVI en bronze et marbre : Enfants sur des lions supportant le cadran.

Pendules Louis XVI en bronze, avec figures de Junon; le cadran au nom de *Caussard, horloger du roy, suivant la cour.*

Pendule-Lyre.

Pendule Louis XVI, à figures d'enfants.

Pendule Louis XVI en bronze doré; fût de colonne surmonté d'un vase.

Pendule Empire : l'Amour rémouleur.

Deux Vases Louis XVI en porcelaine blanche; piédouche et monture à anses en bronze doré.

Deux Vases-Cassolettes Empire en bronze et dorure, sur socles en marbre.

Appliques Louis XV et Louis XVI, Coupes, Chenets, Flambeaux.

Deux Cartels Louis XVI en bronze ciselé et doré.

Pendule Louis XVI : Nymphe et Amour, en bronze vert, marbre blanc et frises en bronze doré.

Pendule Louis XVI en marbre blanc et noir et bronze doré.

Pendule à cage en acajou, à filets de cuivre, de *Lechopié*, *à Paris*.

Pendule en marbre et bronze, modèle à sphinx.

Pendules et Candélabres Empire.

BRONZES

Buste de Louis XVIII.

Le Mercure de Jean de Bologne, le Baiser d'Houdon, Bustes, Statuettes, Vases, Mortier, etc., etc.

MARBRES

Vénus au dauphin, Vénus couchée, Apollon, Consoles, Fûts de colonne, Vases en marbre et en albâtre, etc.

TERRES CUITES

Statuettes, Bas-relief, Maquettes.

CURIOSITÉS

Boîtes, Bonbonnières, Médaillons en ivoire, Reliquaire.
Médailles en bronze.

Cadre Louis XVI, à nœud de rubans, en bronze ciselé
et doré.

Tableau en bois sculpté. Travail greco-russe. Vitraux.

PORCELAINES

Anciennes Porcelaines de la Chine et du Japon, Garniture de cinq pièces en Japon bleu, Vases, Potiches,
Cornets, Jardinières, Plats, Bols, Assiettes, etc.; Chimères
en blanc de Chine, Porcelaines de Sèvres et autres,
Biscuits, Groupes, Figurines.

FAIENCES

Plats, Soupières, Jardinières, Vases, Potiches, Faïences
françaises, de Delft, etc., etc.

LIVRES

Environ 300 Volumes : Littérature, Histoire, Ouvrages sur les arts, Biographies et Dictionnaires des peintres, Decamps, d'Argenville, Vasari; Galerie d'Orléans; Catalogue des Tableaux du roi, par Lépicié; Catalogues anciens et modernes, avec prix de vente; Contes de Boccace, avec figures; Montesquieu, Voltaire, Buffon, etc., etc., etc.

Vᵛᵉ RENOU, MAULDE et COCK, imprˢ de la Compagnie des Commissaires-Priseurs, rue de Rivoli, 144.   61209

www.ingramcontent.com/pod-product-compliance
Lightning Source LLC
LaVergne TN
LVHW011933170726
843501LV00011BA/4369